伊索的人生寓言

The Fabled Life of Aesop

The Fabled Life of Aesop

伊索的人生寓言

文／伊恩‧倫德勒

圖／潘蜜拉‧札格倫斯基

譯／海狗房東

大約兩千五百年前的某一天， 在靠近希臘的某個地方， 一個奴隸寶寶誕生了。 由於寶寶的雙親也是奴隸， 沒有人會記錄奴隸的歷史， 所以沒有人知道明確的時間與地點， 也沒有人知道他們的姓名。

我們唯一知道的是， 他們為這個男嬰取的名字： 伊索。

伊-索ㄙㄨㄛˇ被ㄅㄟˋ人ㄖㄣˊ從ㄘㄨㄥˊ父ㄈㄨˋ母ㄇㄨˇ身ㄕㄣ邊ㄅㄧㄢ帶ㄉㄞˋ走ㄗㄡˇ， 送ㄙㄨㄥˋ去ㄑㄩˋ薩ㄙㄚ摩ㄇㄛˊ斯ㄙ的ㄉㄜ˙葡ㄆㄨˊ萄ㄊㄠˊ園ㄩㄢˊ工ㄍㄨㄥ作ㄗㄨㄛˋ。 薩ㄙㄚ摩ㄇㄛˊ斯ㄙ位ㄨㄟˋ在ㄗㄞˋ地ㄉㄧˋ中ㄓㄨㄥ海ㄏㄞˇ， 是ㄕˋ一ㄧ座ㄗㄨㄛˋ炎ㄧㄢˊ熱ㄖㄜˋ、 乾ㄍㄢ燥ㄗㄠˋ的ㄉㄜ˙島ㄉㄠˇ嶼ㄩˇ。

奴隸說話都要小心翼翼。 長大後， 伊-索學會了有別於「自由人」的說話方式。

有一天， 一個奴隸在田裡告訴伊-索：「我聽說主人的腳很臭。」

主人無意中聽到了這番話。 那個奴隸再也沒有出現過。

奴隸們都很會說故事， 因為說故事可以
避免他們說錯話、 惹禍上身。 他們說的故
事， 都以動物或自然萬物為主角。

第二天， 伊－索在田裡工作時， 身邊的人
跟他說：「你聽過那隻獅子的故事嗎？ 他踩
到一根刺， 腳掌被感染了。」

「原來如此！」伊－索說：「所以
他的腳掌才會那麼臭！」

伊－索學會了話中有話。

大家很快就注意到伊-索很有頭腦， 與眾不同。

有一天， 井水水位降得太低， 桶子很難舀到水， 可是沒有人知道該怎麼辦。 伊-索想到了一個辦法 —— 把石頭投入井中。 大家覺得他很聰明， 全都跑來幫忙。 水位開始上升， 大家的歡呼聲引起伊-索的主人 —— 桑特斯的注意。

桑特斯決定測試伊-索， 他對伊-索說：「你的聰明才智足以幫助奴隸， 但你聰明到能夠幫助我嗎？」

伊-索覺得為難又害怕。 他想說真話， 但又不能激怒他的主人， 只能話中有話。

伊-索說 ……

有一天，一隻老鼠不小心爬到睡夢中的獅子身上，被吵醒的獅子一把抓住了老鼠。

「放我走吧！」老鼠哀求，「我會報答你的。」

獅子聽到這隻弱小的老鼠，竟然認為自己能幫他，忍不住笑了出來，但最後還是放走了老鼠。

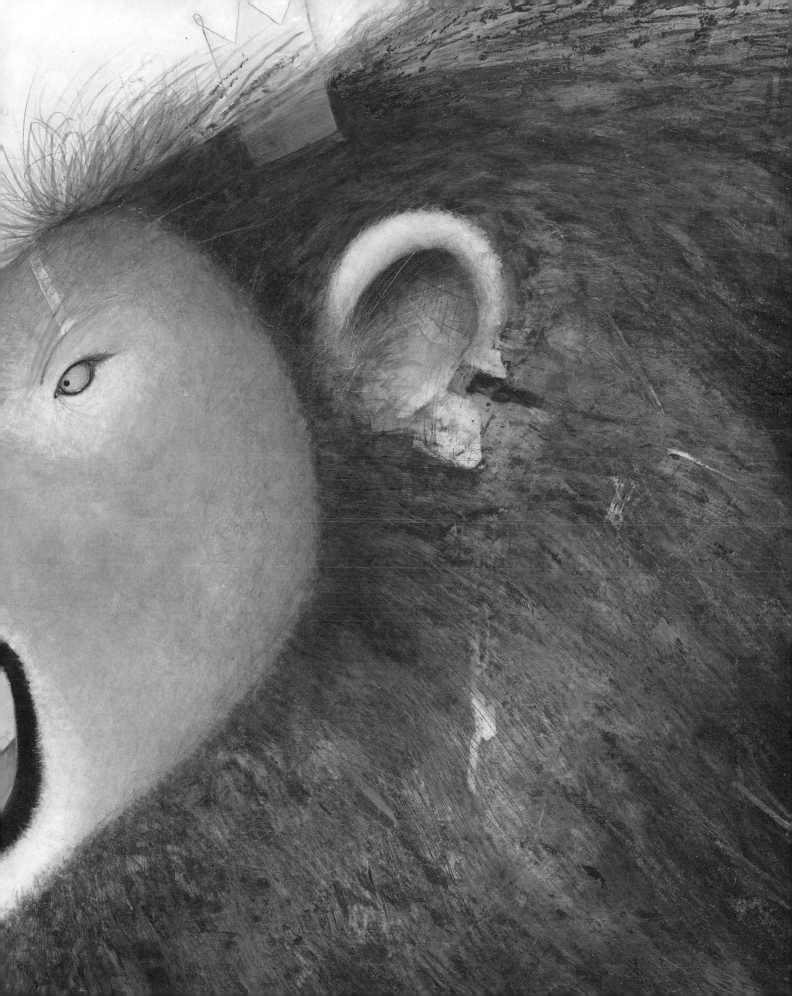

　隔天，獅子受困在獵人的網子裡。老鼠跑來不斷啃咬網子。網子破了，獅子也自由了！

　「你知道了吧？」老鼠說：「小老鼠也能幫助強大的獅子。」

聽完伊-索說的故事， 桑特斯笑著說：「你果然很聰明。 小老鼠， 進到屋子裡工作吧。 你可以幫忙咬破困住我的網子。」

桑特斯讓伊-索幫忙他做生意。

有一天， 桑特斯和另一位名叫「傑登」的奴隸主人， 為錢起了紛爭， 於是他們召來伊-索， 要求他來裁定誰對誰錯。 伊-索再次陷入兩難。

無論他選了哪一位主人， 另一位都會生氣， 他們兩位都可以要他的小命， 伊-索得讓兩位主人都滿意。 他想了又想， 接著開口說⋯⋯

在一個炎熱的日子裡，獅子和野豬發現一個小水坑。他們為了誰先喝水而爭吵，甚至打了起來……

打著打著，他們發現禿鷹漸漸聚集過來，等著吃掉戰敗者的屍體。他們立刻停手，決定一起分享這些水。那天，禿鷹只好挨餓了。

「果然還是和朋友和平相處比較好。」傑登說：「以免被你的敵人吞下肚。」

兩個主人一致認為伊－索的建議非常明智，和和氣氣的處理好這次的糾紛。

傑登對伊－索刮目相看，想將伊－索買回家。你們看，不管伊－索多麼聰明、多麼善良，他依然只是一個奴隸，而奴隸是可以買賣的商品。桑特斯答應了，伊－索被新主人帶走。

到了新家，每當新主人遇到問題，伊－索就會想出新的故事，這些故事往往和狡猾的狐狸、愚笨的農夫，或是聰明的老鼠有關，提醒人們不可貪婪、欺瞞，教人們認真工作、誠實、謙虛和善良的價值。

伊－索的故事時常有弦外之音，奴隸主人不會察覺到這些隱藏的意涵，但是每個奴隸或是沒有權力的人都能明白。這些故事教會他們，如何在這個不怎麼公平、有點殘酷的世界生存下去。

伊索寓言

龜兔賽跑

從前，有一隻兔子取笑烏龜動作很慢。「沒錯，我是很慢。」烏龜說：「但我還是可以在比賽中打敗你。」

兔子覺得烏龜的話太可笑了，於是答應跟他賽跑。森林裡的動物都來看熱鬧。

比賽才剛開始，兔子就飛奔出去，跑得不見蹤影。到了路程的一半，他已經遙遙領先。於是，他決定躺下來小睡片刻。此時，烏龜不斷前進，慢慢、穩穩的走，完全沒有停下來過。

19

不久，烏龜已經超越打盹中的兔子，朝著終點線走去。所有動物開始為烏龜打氣，他們的歡呼聲吵醒了兔子。兔子一醒來就看見烏龜遙遙領先，連忙全力衝向終點，但是為時已晚，烏龜贏得了這場比賽！

　　一步一步慢慢來，也能贏得比賽。

21

狼來了

一個放羊的男孩趕著羊群，來到靠近幽暗森林的草原上。他覺得工作太無聊了，打算做一點有趣的事。於是，他衝進村莊裡大喊：「狼來了！狼來了！」

村民們抓著草叉跑到草原上。當他們看見放羊的男孩大笑的模樣，才發現大家被他戲弄了，只好一邊搖頭一邊走回家。

第二天，放羊的男孩又做了同樣的事。「狼來了！狼來了！」他喊得更大聲。村民們再次跑出來救他，也再次發現被戲弄，走回家的時候都低聲抱怨著。

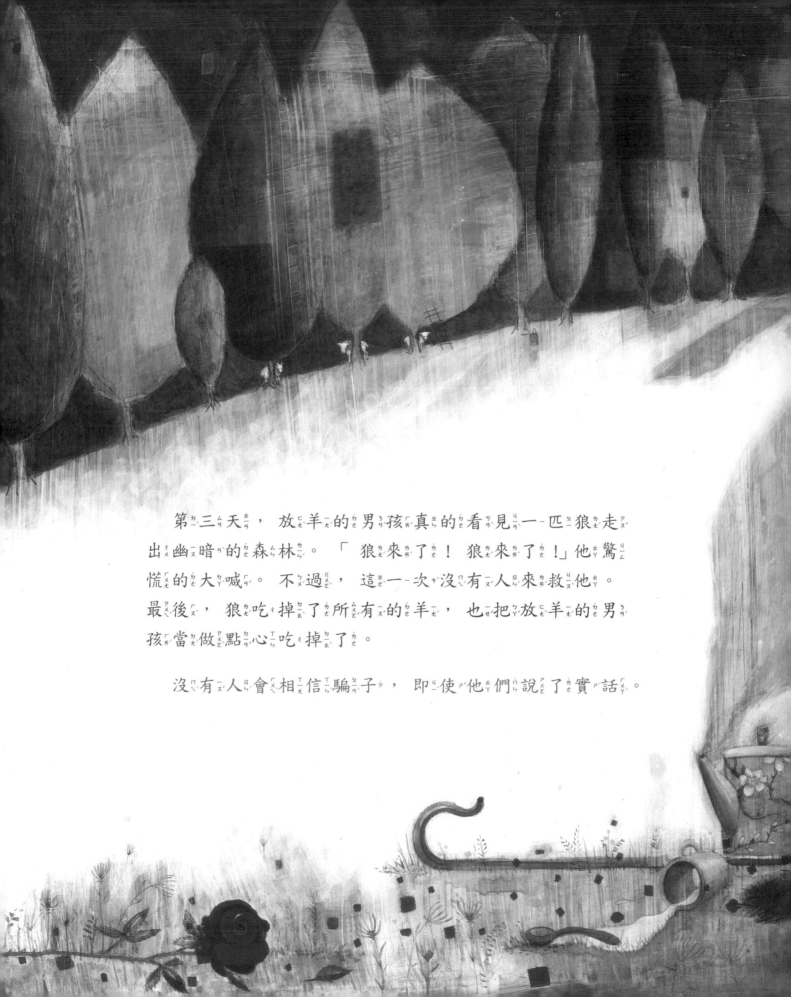

　　第三天，放羊的男孩真的看見一匹狼走出幽暗的森林。「狼來了！狼來了！」他驚慌的大喊。不過，這一次沒有人來救他。最後，狼吃掉了所有的羊，也把放羊的男孩當做點心吃掉了。

　　沒有人會相信騙子，即使他們說了實話。

北風與太陽

北風和太陽為了確認誰比較強大，爭論個不停。這時，他們看見一個旅人在路上行走。太陽說：「我們來比賽，看看誰能脫去那個男人的大衣，誰就是最強的。」

「太簡單了。」北風說完就開始吹。他颳起劇烈、冰冷的狂風，朝向男人的大衣猛吹，但卻只是讓男人更用力抓緊大衣、包裹住自己。

「根本不可能嘛。」北風筋疲力盡，只好放棄。

接著輪到太陽了。她發出耀眼的光芒，四周的空氣也變得舒適而溫暖。旅人先是解開大衣鈕扣，沒多久，他就決定要好好享受這個陽光普照的日子。於是，他脫下大衣，到樹蔭底下躺了下來。

人們樂於接受善意，而不是暴力脅迫。

28

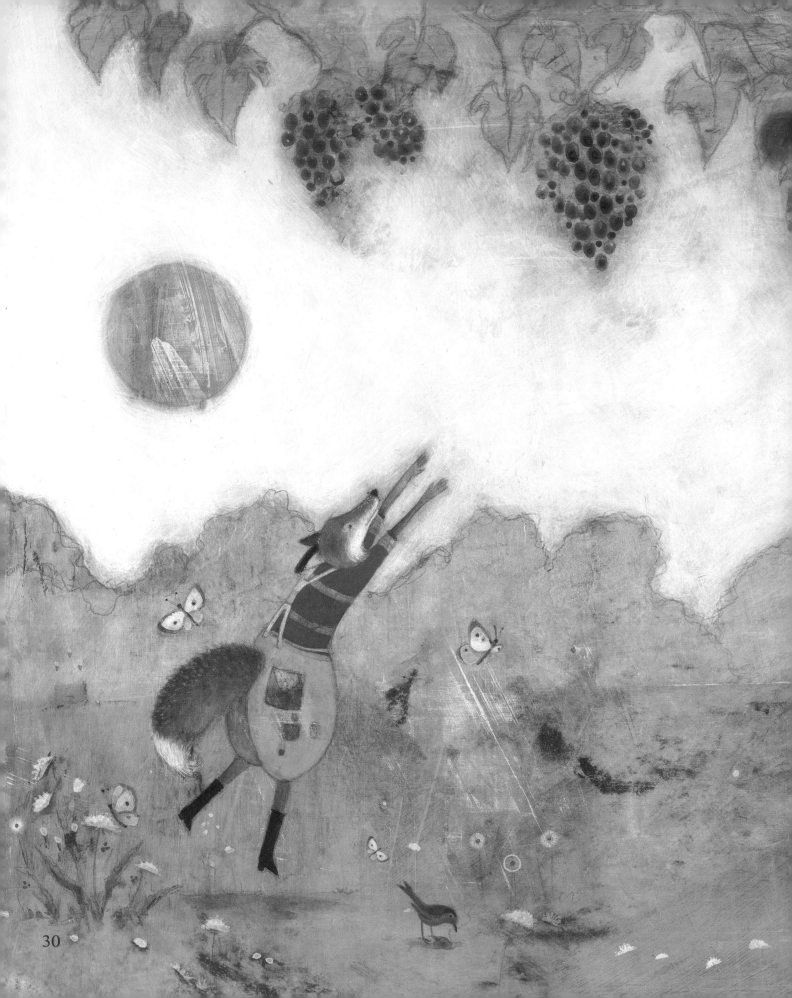

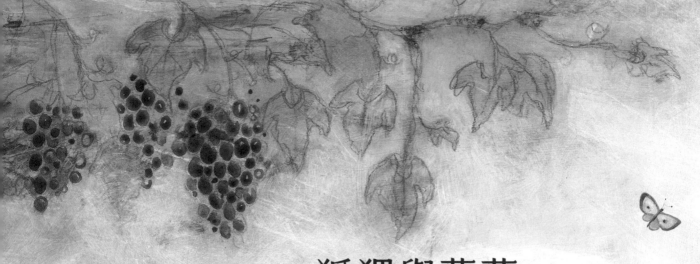

狐狸與葡萄

一一隻飢餓的狐狸看見一串串成熟、多汁的葡萄，高高掛在他的頭頂上。他口水直流，跳起來想摘葡萄，卻連碰都碰不到。

於是，他跑了幾步再跳起來……但還是碰不到。狐狸跳了又跳，就是沒有辦法摸到葡萄。最後，他不屑的看著葡萄說：「沒關係，那些葡萄看起來很酸，我其實也不是很想吃。」

說完，他就轉身走開，不再看葡萄一眼。

否定自己得不到的東西，也是人之常情。

驢子與小狗

從前有一個農夫，養了一隻驢子和一隻小狗。

農夫對驢子很好，他給了驢子舒適的棚舍、新鮮的乾草以及充足的水。但是相對的，驢子也要整天在田地裡工作。

驢子看見小狗住在農夫的屋子裡，吃的是桌上的飯菜，整天什麼都不必做，只要窩在農夫腿上搖搖尾巴就好。驢子不禁心生忌妒。

「如果我學狗那樣做……」驢子心想，「說不定主人就會用同樣的方式疼愛我。」

　　隔天，農夫正在廚房裡吃午餐，驢子掙脫身上的馬鞍，跑了進去。驢子學狗猛搖自己的尾巴，還打破了桌上所有的碗盤。

　　接著，驢子又想跳到農夫的腿上，結果把農夫撞倒在地上。農夫大喊救命，農場裡的幫手全都衝進來，把驢子拖了出去。

　　不要為了討好別人而勉強改變自己。

下金蛋的鵝

從前有一個貧窮的農夫，他發現他養的一隻鵝會下金蛋，感到非常驚喜。

那隻鵝每天都會生下一顆金蛋，農夫和他的妻子很快就變得相當富有。但是沒過多久，他們便不再感到開心，他們覺得財富累積的速度還不夠快。於是，他們決定宰殺那隻鵝，一次拿走所有的黃金。

然而，他們剖開鵝肚，才發現裡面什麼都沒有。那隻鵝死了，他們再也得不到金蛋了。

過於貪心，將會失去所有。

狐狸與烏鴉

某個晴朗的早晨，一隻狐狸看見身旁的樹上有一隻烏鴉站在高處，嘴裡叼著一大塊起司。

狐狸走到樹下，對著上面大喊：「我的天啊，你真是太美了！」

烏鴉懷疑的看著樹下的狐狸，一句話都沒有說。

狐狸繼續諂媚烏鴉，「我從來沒有見過像你一樣完美的動物！你的那雙翅膀真是華麗，羽毛全都在陽光下閃閃發亮！可惜我還沒有聽過你的叫聲，假如你的聲音有你的外貌一半那麼美，我一定會告訴大家你是鳥中的女王！」

　　狐狸一再誇獎，讓烏鴉非常高興，把剛剛的懷疑都忘得一乾二淨。她一張開嘴啼叫，起司就掉了下去……直接掉進狐狸的嘴裡！

　　「謝謝。」狐狸咧開嘴，笑著說：「為了回報你的點心，我就給你一點建議吧……千萬不要相信諂媚的人。」

城市老鼠與鄉下老鼠

有一隻城市老鼠去鄉下拜訪親戚，鄉下老鼠招待她吃種子、草根和橡實，還招待她喝冰涼的溪水。那天晚上，她們一起在樹叢底下睡覺。

第二天，城市老鼠對鄉下老鼠說：「這樣的生活一定不太快樂吧？跟我去城市裡，你就會知道那裡的生活好多了。」

於是，鄉下老鼠跟著她回到城市裡的大房子。她們一走進飯廳，就看見屋主在大餐之後留下的剩菜，有起司，有肉，有水果，還有甜點……鄉下老鼠簡直不敢相信自己的眼睛。但是，正當她準備吃一口的時候，就聽到一陣低吼聲。

「糟了。」城市老鼠說。

　　一隻巨大的狗突然走進門，兩隻老鼠及時跑到茶杯底下躲了起來。她們害怕的顫抖著，等狗離開了才敢出來。這時，城市老鼠說：「危機已經解除，我們可以回去吃東西了。」

但是她一眼望去，卻看見鄉下老鼠已經收拾好行囊，也穿上了大衣。「再見了，表妹。」鄉下老鼠說。

與其在恐懼中過著奢華的生活，不如過著簡單、平靜的生活。

螞蟻與蚱蜢

某個溫暖的夏日，一隻蚱蜢一邊演奏著音樂，一邊愉快的哼哼唱唱。他看見螞蟻經過，正要把一顆玉米粒搬回蟻窩，看起來很吃力。

蚱蜢叫住螞蟻，「為什麼你要這麼辛苦工作呀？來和我一起唱歌吧！」

「我要為冬天儲藏食物」螞蟻說：「你也應該準備一下。」

「冬天？那有什麼好擔心的？」蚱蜢說：「今天還有那麼多食物。」

螞蟻繼續做他的工作，蚱蜢也繼續玩樂。然後，冬天來了。蚱蜢找不到食物，也沒有儲存任何糧食。蚱蜢餓壞了，乞求螞蟻分一點食物給他。

螞蟻告訴蚱蜢：「既然你整個夏天都在唱歌，你也可以空著肚子跳舞入睡。」

該工作時工作，該玩樂時玩樂。

獅子與雕像

有一天，有個男人和一隻獅子在爭論誰比較強。男人表示人類比較厲害，因為人類比較聰明。為了證明他的論點，他指著附近的一座雕像，那是一個男性在戰鬥中打敗獅子的雕像。

獅子笑了笑說：「那只能證明雕像是人類做的。如果讓我做雕像，獅子就會是勝利的一方。」

每個故事都不只有一個角度，故事的寓意也會因為解讀的人不同而有差異。

伊-索的故事幫助傑登成為一位成功且深受敬重的人嗎，不只在商業活動中，在生活中也是如此。他也比從前更有智慧、更加慷慨，學會尊重其他人。

有一天，他對伊-索說：「我想要答謝你。儘管開口吧，伊-索，我會成全你的心願。」這一次，伊-索沒有任何猶豫。

他又說了一個故事，一個可能他這輩子最想說的故事。

有ㄧㄡˇ一ㄧ天ㄊㄧㄢ，有ㄧㄡˇ一ㄧ匹ㄆㄧ狼ㄌㄤˊ餓ㄜˋ得ㄉㄜ˙全ㄑㄩㄢˊ身ㄕㄣ無ㄨˊ力ㄌㄧˋ……一ㄧ隻ㄓ家ㄐㄧㄚ犬ㄑㄩㄢˇ看ㄎㄢˋ見ㄐㄧㄢˋ了ㄌㄜ˙，他ㄊㄚ對ㄉㄨㄟˋ狼ㄌㄤˊ說ㄕㄨㄛ：「兄ㄒㄩㄥ弟ㄉㄧˋ，再ㄗㄞˋ這ㄓㄜˋ樣ㄧㄤˋ下ㄒㄧㄚˋ去ㄑㄩˋ，你ㄋㄧˇ會ㄏㄨㄟˋ死ㄙˇ在ㄗㄞˋ荒ㄏㄨㄤ野ㄧㄝˇ裡ㄌㄧˇ。來ㄌㄞˊ為ㄨㄟˋ我ㄨㄛˇ的ㄉㄜ˙主ㄓㄨˇ人ㄖㄣˊ工ㄍㄨㄥ作ㄗㄨㄛˋ吧ㄅㄚ˙，他ㄊㄚ每ㄇㄟˇ天ㄊㄧㄢ都ㄉㄡ會ㄏㄨㄟˋ餵ㄨㄟˋ飽ㄅㄠˇ你ㄋㄧˇ。」狼ㄌㄤˊ實ㄕˊ在ㄗㄞˋ太ㄊㄞˋ餓ㄜˋ了ㄌㄜ˙，就ㄐㄧㄡˋ答ㄉㄚˊ應ㄧㄥ跟ㄍㄣ狗ㄍㄡˇ回ㄏㄨㄟˊ家ㄐㄧㄚ。

走ㄗㄡˇ著ㄓㄜ˙走ㄗㄡˇ著ㄓㄜ˙，狼ㄌㄤˊ注ㄓㄨˋ意ㄧˋ到ㄉㄠˋ狗ㄍㄡˇ的ㄉㄜ˙脖ㄅㄛˊ子ㄗ˙上ㄕㄤˋ磨ㄇㄛˊ掉ㄉㄧㄠˋ了ㄌㄜ˙一ㄧ圈ㄑㄩㄢ毛ㄇㄠˊ。

「這沒什麼，」狗說：「主人會在這裡套上鍊子，你會習慣的。」

「如果會變成這樣……」狼說：「再見了，兄弟。即使挨餓，我也寧願選擇自由，不要綁著鎖鏈，飽食終日。」

伊－索說完之後，傑登沉默不語。他思考了很久，然後……

他答應成全伊－索的心願。

伊－索自由了， 這是他這輩子第一次獲得自由。

不久，人們都聽說有個奴隸因為他的智慧而獲得自由。人們去找他，尋求幫助和建議。

一年年過去，那些奴隸主人不斷老去、死去。他們的財富與土地不再是他們的，他們的名字也遭人遺忘。伊索當然也過世了，不過，他的名聲卻持續流傳。他留下的故事不斷有人重述，在家庭裡、在城鎮的廣場上，一代又一代的傳下去，歷經了千百年……

某ㄇㄡˇ一ㄧ天ㄊㄧㄢ，有ㄧㄡˇ人ㄖㄣˊ把ㄅㄚˇ這ㄓㄜˋ些ㄒㄧㄝ故ㄍㄨˋ事ㄕˋ收ㄕㄡ集ㄐㄧˊ起ㄑㄧˇ來ㄌㄞˊ，做ㄗㄨㄛˋ成ㄔㄥˊ一ㄧ本ㄅㄣˇ書ㄕㄨ，名ㄇㄧㄥˊ叫ㄐㄧㄠˋ……

《伊ㄧ索ㄙㄨㄛˇ寓ㄩˋ言ㄧㄢˊ》。

這ㄓㄜˋ本ㄅㄣˇ書ㄕㄨ也ㄧㄝˇ成ㄔㄥˊ為ㄨㄟˊ歷ㄌㄧˋ史ㄕˇ上ㄕㄤˋ最ㄗㄨㄟˋ受ㄕㄡˋ歡ㄏㄨㄢ迎ㄧㄥˊ的ㄉㄜ˙書ㄕㄨ之ㄓ一ㄧ。

某ㄇㄡˇ一ㄧ天ㄊㄧㄢ，　有ㄧㄡˇ人ㄖㄣˊ把ㄅㄚˇ這ㄓㄜˋ些ㄒㄧㄝ故ㄍㄨˋ事ㄕˋ收ㄕㄡ集ㄐㄧˊ起ㄑㄧˇ來ㄌㄞˊ，　做ㄗㄨㄛˋ成ㄔㄥˊ一ㄧ本ㄅㄣˇ書ㄕㄨ，　名ㄇㄧㄥˊ叫ㄐㄧㄠˋ……

《伊ㄧ索ㄙㄨㄛˇ寓ㄩˋ言ㄧㄢˊ》。

這ㄓㄜˋ本ㄅㄣˇ書ㄕㄨ也ㄧㄝˇ成ㄔㄥˊ為ㄨㄟˊ歷ㄌㄧˋ史ㄕˇ上ㄕㄤˋ最ㄗㄨㄟˋ受ㄕㄡˋ歡ㄏㄨㄢ迎ㄧㄥˊ的ㄉㄜ書ㄕㄨ之ㄓ一ㄧ。

和平

青蛙　　　　　　　烏龜　　　　　我鳥　　　狗

聰明　　　　　　　　　披著羊皮的狼

狐狸

某日，一隻兔子嘲笑烏龜的短腿及其緩慢的速度，後者笑答：「即便你疾速如風，我亦可於競賽中勝出。」

小雞與蛋　　　　　　　蝴蝶　　孔雀

螞蟻　　　　草原上的野獸

男孩　cup,　　蚱蜢　羊　　　熊

在書中，伊-索，一出生就是奴隸、靠著說故事獲得自由的男孩，他的名聲傳得比任何一位國王還遠，他的影響力比任何一位大帝都大。

　　他旅行的足跡跨越不同語言、國家和大陸，旅程歷經兩千五百年的時間，一直到今日。

　　現在，他的故事已經傳到你的耳中，他將會陪著你走向接下來的旅程。

後記

寓言比事實更具有歷史價值，因為事實說的是一個人的事，
而寓言說的是一百萬人的事。
—— G.K. 卻斯特頓（作家、哲學家）

你手上正捧著人類史上最古老的故事。廣義來說，寓言是以會說話的動物演示教訓的故事，在西元前一千五百年蘇美文明（現今的伊拉克）的石碑上就曾發現。

不過，大約要到西元前七百年左右的古希臘，寓言才真正大受歡迎，成為日常生活的一部分，政治家、詩人以及任何想要強調某個論點的人，都會利用寓言。經過這個時代的人們一再重述，古老的寓言愈發細緻、一針見血，更創作出新的寓言，儼然成為一種藝術形式。

儘管各地都有人運用寓言，但一談到寓言，人們還是會最先想到「伊索」這個名字。伊索和他的生命故事從古希臘時期就廣為人知，並不是沒有原因的。伊索獲得自由之身以後，他的故事又變得更加與眾不同。

在當時，伊索就因為擅長說服他人而赫赫有名，人們會聘請他在法庭上幫他們的案子辯護。以財富聞名的地區統治者克羅西斯國王得知伊索的事蹟，立刻聘任他為顧問。從此，伊索就在史上最富有的國王身邊，成為他信任的得力助手。

伊索的故事實在令人難以置信，難免有人會問：「這是真的嗎？」

答案是，我們也不知道。

那個時代的歷史紀錄相當有限，奴隸個人的紀錄更是不存在；因此，沒有任何關於伊索出生日期或地點的紀錄，也沒有任何雕像或畫像，讓人們得以知道伊索的長相。另外，因為寓言在傳統上都是口述流傳，沒有證據顯示是否真的有名叫「伊索」的人親自寫下這些故事。

對某些歷史學家來說，這代表伊索更像是「鵝媽媽」——人們創造出來的虛構角色，讓那些寓言式的故事有個出處。另一方面，「伊索」這個名字確實在歷史紀錄上出現過數次（最初，大約是在伊索可能過世後的一百年），紀錄中說他是「一個奴隸，一個故事創作者」。

整體來說，是不是真的有伊索這個人，其實也不重要。就像最上面的引言所點出來的——伊索生命中的故事，也就是這本書重新述說的故事，不僅是那個時代普遍的知識，也讓我們更加了解，著名的寓言是從什麼樣的文化中孕育出來。

人們時常將古希臘視為西方文明的搖籃，民主、戲劇、現代哲學和寓言一樣，誕生地也都在古希臘。然而，古希臘的崛起完全仰賴奴隸，當時大約有四分之一的人口都是奴隸，他們在農場上、屋舍裡工作，甚至擔任店員，以及一般公民的僕人。偉大的文明和巨大的艱苦就這麼交織在一起，在這樣的大環境裡，一個奴隸運用智慧贏得自由（且大有成就）的故事，能夠吸引人，也不是什麼奇怪的事吧？

在這樣的背景下，我們不難理解——即使現在將「伊索寓言」解讀為用以彰顯美德和良善價值的簡易訓示，但它們原本是很實際的建議，幫助人們知道如何在權力不對等的世界裡生存。

數百年來，這個生命故事靠著口說流傳下來，到西元前一世紀才有人正式把它寫成一本書（連同一些寓言），書名是《伊索的一生》；歷史學家表示：《伊索的一生》是少數從古代流傳至今，真正大受歡迎的一本書。

這本書也是史上第一本由奴隸觀點構成的書。

伊索的生命故事「大受歡迎」，全因為它不是國王或傳教士等握有權力的人所說的故事，而是一個普通人，因此，在它被寫下之後的一千五百年間，便已經廣為人知；也由於它的高知名度，印刷術在十五世紀發明後，第一本印刷的書是聖經，而第一本有插畫的印刷書就是《伊索的一生》！

從此以後，在伊索的時代創造出來的寓言，名正言順的成為人類史上最不朽的故事。經過幾個世紀，它們又被翻譯成數百種語言。隨著它們散播到全世界，不同的國家和文化都利用這些寓言來闡述他們的價值觀，寓言中的美德（像是「一步一步慢慢來，也能贏得比賽」或「話別說得太早」）也成為人類共同智慧的一部分。

這就是「伊索寓言」大受歡迎的關鍵，它們不只是一個人或一群人的故事，而是全體人類的故事。

這些寓言只是用最簡單的方式說故事，卻指引我們度過任何人都有可能經歷的艱難旅程，讓我們找到人生的出路。

參考資料

Bader, Barbara. *Aesop & Company*. Boston: Houghton Mifflin Company, 1991.

Lenaghan, R. T., ed. *Caxton's Aesop*. Cambridge, MA: Harvard University Press, 1967.

Library of Congress. "Aesop for Children." read.gov/aesop/index.html.

McKendry, John J., ed. *Aesop: Five Centuries of Illustrated Fables*. New York: The Metropolitan Museum of Art, 1964.

Patterson, Annabel. *Fables of Power: Aesopian Writing and Political History*. Durham, NC: Duke University Press, 1991.

Simondi, Tom. "Fables of Aesop." fablesofaesop.com.

Temple, Olivia, and Robert Temple, eds. *The Complete Fables*. New York: Penguin Classics, 1998

Zipes, Jack, ed. *Aesop's Fables*. New York: Signet Classics, 1992.